# STILLE TAGE IN HAVANNA

*Siegfried Kaden (Grafik)*
*Johannes Willms (Text)*

edition minerva

Entstanden als Fortsetzungsroman in Bildern.
Erstmals erschienen vom Dezember 1998 bis
April 1999 im Feuilleton der Süddeutschen Zeitung.
Im Anschluß daran als Ausstellung
im Münchner Stadtmuseum und weiteren Stationen.

© 1999 Münchner Stadtmuseum, München
© 1999 Edition Minerva Hermann Farnung, Wolfratshausen

Alle Rechte, auch diejenigen der Übersetzung,
der fotomechanischen Wiedergabe und
des auszugsweisen Abdrucks, vorbehalten.

Graphische Gestaltung und Satz
Michael Bauer, Weißenfeld

Gesamtherstellung
Peschke Druck, München

ISBN 3-932353-34-X

Die Deutsche Bibliothek – CIP-Einheitsaufnahme:

Ein Titeldatensatz für diese Publikation ist bei der
Deutschen Bibliothek erhältlich.

ISBN 3-932353-34-X

Vorwort

Auch Länder und Kulturen haben ihre Mode. Augenblicklich profitiert von dieser rätselhaften Willkür der Publikumsgunst Cuba. Als die beiden Autoren von Stille Tage in Havanna dieses Projekt verabredeten, konnte davon noch nicht die Rede sein.

Den Ausschlag dazu gaben, wie so oft, einige Zufälle sowie das durchaus absichtsvolle Eingreifen eines Dritten, der hier genannt werden muss. Es war Harald Eggebrecht, der Künstler und Autor miteinander bekannt machte.

Schon ihre erste Begegnung konnte zu den schönsten Erwartungen berechtigen, wurden doch sogleich Ideen entwickelt. So wurde der Vorschlag gemacht, einen Bilderroman zu entwickeln, dessen Hauptschauplatz ein Schiff sein sollte, ein Passagierdampfer, der in tropischen Gewässern kreuzte. Allein, es zeigte sich sehr bald, dass jeder der beiden so seine eigenen Vorstellungen hatte, von denen er nicht lassen wollte. Der Künstler soll eben doch lieber mit dem Kommerzienrat Umgang pflegen und nicht mit einem Journalisten, den die Einbildung plagt, die Kunst auch wie ein Künstler verstehen zu können. Derlei ist meist nur gut gemeint und geht deshalb in aller Regel schief.

Das drohte auch hier. Der Künstler nahte sich mit Entwürfen, bei denen die Handlung des geplanten Romans auf eine tropische Insel verlegt war. Der Einfall gefiel dem Journalisten nun aber ganz und gar nicht, auch wenn er die vorgelegten Entwürfe höflich lobte. Das hätte, wenn alles mit rechten Dingen zugegangen wäre, schon das Ende der geplanten Zusammenarbeit sein müssen. War es aber nicht. Der Künstler machte einen neuen Anlauf und erschien, ungewöhnlich genug, mit neuen Skizzen, von denen er wähnen mochte, sie würden den anderen jetzt von seiner Insel-Idee überzeugen. Das taten sie aber nicht und der Journalist bewies, was ebenfalls als ungewöhnlich gelten muss, Geduld, verzichtete dafür jedoch auf das höfliche Lob, suchte stattdessen seine Zuflucht in geradezu grober Deutlichkeit und entwickelte einen neuen Einfall, bei dem ein weiterer Zufall den Paten abgab. Der Künstler hatte nämlich unterdessen einen Lehrauftrag an der Escuela de Bellas Artes in Havanna erhalten. Seine Abreise stand unmittelbar bevor. Das war der entscheidende Anstoss.

Hauptschauplatz des geplanten Bilderromans sollte nun nicht mehr ein Kreuzfahrtschiff, sondern das alte Hotel Nacional in Havanna sein. Der Künstler, so wurde verabredet, sollte Szenen aus diesem Hotel liefern, der Journalist versprach, jeweils einen Text dazu zu erfinden. Und einmal in der Woche, jeweils an einem Dienstag, sollte ein Jahr lang im Feuilleton der in München erscheinenden Süddeutschen Zeitung eine Lieferung des Bilderromans erscheinen.

So wurde es verabredet. So geschah es. Vom April 1998 bis zum April 1999 erschienen wöchentliche Lieferungen von Stille Tage in Havanna. Um Engpässen, Verzögerungen oder anderen Hindernissen, die diese Kontinuität beeinträchtigen konnten, vorzubeugen, sandte Siegfried Kaden alle zwei, drei Monate ein Paket mit einem guten Dutzend neuer Arbeiten, deren Szenen jeweils aus einem schwarz beschichteten Karton von ihm herausgekratzt wurden. Für diese altertümliche, aufwendige und in ihrer Wirkung dem Linolschnitt ähnliche Technik hatte er sich der besseren Widergabe im Zeitungsdruck wegen entschieden. Davon einmal abgesehen, eignet dieser Verfahrensweise aber auch ein eigenes Melos, das dem gewählten Sujet vorzüglich entspricht.

Dass Stille Tage in Havanna jetzt auch als Buch vorliegen und zwar in genau der Reihenfolge und Textgestalt, in der sie ursprünglich publiziert wurden, verdankt sich Wolfgang Till vom Münchner Stadtmuseum, der den Zyklus ausstellt und dem verlegerischen Wagemut von Hermann Farnung, der ihn in seinem Verlag veröffentlicht. Die Originale von „Stille Tage in Havanna" sind jetzt in der Kunstsammlung von Gabriele Henkel in Düsseldorf, Siegfried Kaden arbeitet noch immer in Havanna und der Schreiber dieser Zeilen hofft auf neue Einfälle.

München, im Oktober 1999

wms

Hauptschauplatz dieses Romans ist ein Luxushotel, das schon bessere Tage gesehen hat. Wie verwunschen steht es in einem großen, am Meer gelegenen Park in der cubanischen Hauptstadt.

STILLE TAGE IN HAVANNA
FOLGE
*1*

**I**n der Stunde der Siesta machte das Hotel einen sehr abweisenden Eindruck. Auch die Einfahrt war verschlossen …

STILLE TAGE IN HAVANNA
FOLGE
*2*

Die Hotelhalle ist in geradezu tropischer Pracht erstarrt. Dicke Teppiche dämpfen die Schritte. Dennoch wird alles mit Aufmerksamkeit wahrgenommen …

STILLE TAGE IN HAVANNA
FOLGE
*3*

Die elegant geschwungene Bar bot am Nachmittag einen verschlafenen Anblick. Selbst die drei Burschen schienen unter den riesigen Schirmen ihrer Mützen über ihrem Cuba libre eingedöst zu sein …

STILLE TAGE IN HAVANNA
FOLGE
*4*

Das seltsame Treiben von Gästen und Besuchern verwundert hier schon längst niemanden mehr…

STILLE TAGE IN HAVANNA
FOLGE
*5*

Bisweilen sind die Nachmittage so endlos wie der unerbittlich blaue Himmel, und die Müdigkeit, die einen dann überfällt, ist geradezu existentiell. Mancher träumt dann am hellen Tag den Traum des Holofernes, während Judith über die Ausführung ihres Vorhabens nachsinnt …

STILLE TAGE IN HAVANNA
FOLGE
*6*

»Na und«, sagte sie, während sich das Pferd nach Pferdeart ausschwieg. Überhaupt war es die größere Überraschung, daß die Aufzüge funktionierten …

STILLE TAGE IN HAVANNA
FOLGE
# 7

Der Aufzug bewegte sich nur ruckartig nach oben. Die Ketten, an denen die Kabine hing, rasselten diesmal besonders auffällig. Was passierte, wenn er steckenbliebe? Würde der Alarmknopf funktionieren?…

STILLE TAGE IN HAVANNA
FOLGE
*8*

**I**n den oberen Stockwerken dämpfen dicke Teppiche die Schritte. Vielleicht ist es deshalb, daß man sich immer beobachtet fühlt, auch wenn man niemanden sieht oder hört …

STILLE TAGE IN HAVANNA
FOLGE
*9*

Wie Kataraktwellen, weich und weit schwingend, kommen einem die Stufen der großen Treppe entgegen und locken unwiderstehlich hinauf zu den Geheimnissen der Beletage …

STILLE TAGE IN HAVANNA
FOLGE
*10*

Je mehr sich Maria Mercedes ihrem Ziel, einer Suite im 6. Stock näherte, desto runder und dunkler schienen ihre Pupillen zu werden. Wer würde sie dort erwarten …

STILLE TAGE IN HAVANNA
FOLGE
*11*

Als Maria Mercedes die Suite betrat, stellte sie überrascht fest, daß sich schon ein anderer Besucher im Salon befand. Oder war das Oscar Sanchez? Aus dem Badezimmer waren seltsame Geräusche zu vernehmen …

STILLE TAGE IN HAVANNA
FOLGE
*12*

Nein, der kleinwüchsige, schlafende Mann, den Maria Mercedes in einem Sessel der Suite bemerkte, war nicht Oscar Sanchez. Also faßte sie sich ein Herz und schlich zu der Tür des Badezimmers, aus dem die rätselhaften Geräusche gedrungen waren. Als Maria Mercedes durch das Schlüsselloch blickte, war die Seeschlacht bereits im vollen Gange …

STILLE TAGE IN HAVANNA
FOLGE
*13*

Nein, der Seeheld in der Badewanne war nicht Oscar Sanchez. Der war ein Glatzkopf. Soviel wußte Maria Mercedes. Aber, im welchen Zimmer seiner Suite hielt er sich auf. Sie setzte sich auf einen Stuhl, um in Ruhe einen Entschluß zu fassen, was zu tun sei. Aus ihren Gedanken schreckte sie ein lautes Rauschen …

STILLE TAGE IN HAVANNA
FOLGE
*14*

In seinen raren Mußestunden war Oscar Sanchez ein Künstler, ein Zauberer. Vor allem, wenn er bekokst war wußte er sich seinen großen Vorbildern nahe. Maria Mercedes, die von Kunst nichts verstand und Zauberei instinktiv fürchtete, floh so schnell, als dies ihr enger Rock und ihre hohen Absätze irgend zuließen …

STILLE TAGE IN HAVANNA
FOLGE
*15*

Als sich Maria Mercedes ratlos umblickte, sah sie die Hunde, die laut schnopernd Witterung aufnahmen. Spürten auch sie Oscar Sanchez nach? Das Beste war, schnell aus der Suite zu verschwinden …

STILLE TAGE IN HAVANNA
FOLGE
*16*

Wie von Furien gehetzt stürzte Maria Mercedes aus dem Hotel. Es war spät in der Nacht, und die Straße war leer bis auf einen streunenden Hund, der aber in dieser Erzählung gar nichts weiter verloren hat …

STILLE TAGE IN HAVANNA
FOLGE
*17*

Die nächtliche Stille wurde plötzlich durch hochtourigen Motorenlärm zerrissen. Eine schwere Limousine schien mit aufgeblendeten Scheinwerfern direkt auf Maria Mercedes zuzurasen …

STILLE TAGE IN HAVANNA
FOLGE
*18*

Pedro war durch nichts leicht aus der Ruhe zu bringen, möglicher Weise deshalb, weil er Biertrinker war. In Havanna gilt so einer leicht als Langweiler, und daß er Oscar Sanchez kannte, machte ihn zunächst nicht interessanter …

STILLE TAGE IN HAVANNA
FOLGE
*19*

Carmencita, wie nicht nur ihre Freunde sie zärtlich nannten, war sich ihrer Schönheit nur zu sehr bewusst. Allein damit vermochte sie Romero, den Fahrer und Vertrauten von Oscar Sanchez, nicht zu beeindrucken …

STILLE TAGE IN HAVANNA
FOLGE
*20*

Vor allem nachts kann in einer großen Stadt so allerhand passieren. Und mancher wähnt, daß ihn niemand bei seinem Treiben beobachtet. Das ist häufig ein Irrtum, der aber in der Regel ohne Folgen bleibt …

STILLE TAGE IN HAVANNA
FOLGE
*21*

Lind sind die Nächte und blütenduftschwer. Wer dann und hier sich nicht findet, der findet sich nimmermehr. Aber Schatten sind zweideutig, und niemand vermag zu sagen, was die beiden in den nachtdunklen Park führt …

STILLE TAGE IN HAVANNA
FOLGE
*22*

Soviele Boote ohne Ruder. Es gibt Orte, an denen auch die fragwürdigste Metapher einen Sinn erhält. Aber hier hängt niemand solchen Fragen nach, sondern beobachtet nur, um so das Rätsel zu ergründen …

STILLE TAGE IN HAVANNA
FOLGE
*23*

Unergründlich ist selbst eine seichte Meeresbucht, und ungewöhnlich die Stunde für solch rätselhaftes Treiben. Erfahrene Leser wissen jedoch, daß derlei nur die Spannung erhöht …

STILLE TAGE IN HAVANNA
FOLGE
*24*

Zwischen Nacht und Tag gibt es auch in Havanna eine Stunde, da alles zur Ruhe gekommen zu sein scheint. Bisweilen jedoch ist dieser Eindruck sehr trügerisch …

STILLE TAGE IN HAVANNA
FOLGE
*25*

Das Hotel ist in gewissen Kreisen für seine Diskretion bekannt. Dennoch bevorzugen manche Gäste den Lieferanteneingang, wenn sie im Morgengrauen überstürzt abreisen …

STILLE TAGE IN HAVANNA
FOLGE
*26*

Havanna hat seine eigene Magie. Nicht alles, was man hier sieht, darf man deshalb für wahr und wirklich halten. Vielleicht ist solcher Trug aber auch nur raffinierte List …

STILLE TAGE IN HAVANNA
FOLGE
*27*

Wer so eifersüchtig ist wie Maria Mercedes, läßt sich so leicht aber durch nichts ablenken. Oscar Sanchez, dessen war sie sich jetzt sicher, musste sich irgendwo im Hotel verbergen …

STILLE TAGE IN HAVANNA
FOLGE
*28*

Auf der Suche nach Oscar Sanchez ließ Maria Mercedes kein Zimmer aus, und entdeckte so die Schreckgestalt ihrer finstersten Träume, den mächtigen Zwerg Romero …

STILLE TAGE IN HAVANNA
FOLGE
*29*

Ein Computer ist ein verführerisches Spielzeug, und wer ihm verfallen ist, dem entgeht manches, was seine Aufmerksamkeit finden müßte. Nur der Leser dieses Romans wird bald mehr wissen …

STILLE TAGE IN HAVANNA
FOLGE
*30*

Die Hotelbar ist an und für sich der denkbar ungewöhnlichste Ort für überraschende Begegnungen. Aber just in dieser vermeintlichen Gewißheit sah sich Maria Mercedes sehr getäuscht …

STILLE TAGE IN HAVANNA
FOLGE
*31*

Maria Mercedes war sich sicher: Es war Inez, und Inez mußte auch sie gesehen haben, denn was hätte sie sonst veranlassen können, aufzuspringen und dem verdutzten Gringo um den Hals zu fallen. Du Luder, dachte Maria Mercedes, aber ich werde dich schon noch erwischen und es dir heimzahlen, daß du Oscar die Augen verdreht hast …

STILLE TAGE IN HAVANNA
FOLGE
*32*

Im einst lockeren Havanna herrschen neuerdings strenge Sitten, über deren Beachtung von der allgegenwärtigen Polizei nicht minder streng gewacht wird. Das mag den überstürzten Abgang eines Gastes erklären, von dem wir nicht sagen können, ob wir ihm noch einmal begegnen werden …

STILLE TAGE IN HAVANNA
FOLGE
*33*

Wie in Panik waren alle Gäste aus der Bar gestürzt. José, einer der Kellner, hatte wie üblich nichts gemerkt, und war deshalb auch der einzige, der sichtlich fassungslos zurückblieb …

STILLE TAGE IN HAVANNA
FOLGE
*34*

Selbst in die Küche, wo man immer genug zu tun hat, den herrschenden Mangel phantasievoll zu überspielen, schwappte die Panik aus der Bar hinein. Wer genau hinguckt, sieht, daß einer durch die Lüftung verschwindet …

STILLE TAGE IN HAVANNA
FOLGE
*35*

Manch einer hingegen macht sich ganz unauffällig aus dem Staub, zumal dann, wenn die dunkel getönten Scheiben forschende Blicke ins Innere der Limousine verwehren …

STILLE TAGE IN HAVANNA
FOLGE
*36*

Auch Oscar Sanchez, von dem wir immer noch nicht viel wissen, hat es eilig, wegzukommen. Und da ist selbst ihm ein Kleinwagen seltsamer Bauart genehm, in den er sich nicht ohne Würde hineinquält …

STILLE TAGE IN HAVANNA
FOLGE
*37*

Manch einer irrt sich in der Stunde, da das Spektakel beginnen soll und findet sich in einem leeren Saal. Aber nur Geduld. Hier wird eine Show über die Bretter gehen, die einer der vielen Höhepunkte dieses Romans ist …

STILLE TAGE IN HAVANNA
FOLGE
*38*

Eine Bühnenshow in Havanna mit rassigen Tänzerinnen ist etwas für Kenner. Aber was manchem Aficionado hier ins Auge sticht, raubt ihm auf Dauer offenkundig die klare Sicht …

STILLE TAGE IN HAVANNA
FOLGE
*39*

**I**n Havanna, weiß und hibiskusrot, wie es sich Gottfried Benn imaginierte, treibt die Phantasie üppige Blüten. Das mag erklären, daß mancher auf leerer Bühne gewaltige Visionen hat …

STILLE TAGE IN HAVANNA
FOLGE
*40*

Auch Maria Mercedes hat eine Vision. Und da auch in Cuba Frauen zunächst einmal Frauen sind, wähnt sie den Mann fürs Leben erblickt zu haben …

STILLE TAGE IN HAVANNA
FOLGE
*41*

Maria Mercedes' Traummann entpuppt sich als der kahlköpfige Künstler Victor Paz. Aber das schreckt sie nicht. Im Gegenteil, sein scheues Wesen weckt ihre mütterlichen Instinkte …

STILLE TAGE IN HAVANNA
FOLGE
*42*

Ein Bild ehelichen
Glücksversprechens;
das schnöde Worte
nicht entstellen
sollen …

STILLE TAGE IN HAVANNA
FOLGE
*43*

Auch in Havanna hat das Eheglück nur die kleinste Dauer. Victor Paz ist verschwunden, und der Kleine schreit nach dem Vater, von dem Maria Mercedes ahnt, wo er sich versteckt …

STILLE TAGE IN HAVANNA
FOLGE
*44*

Im obersten Stockwerk des Hotels sind die billigsten Zimmer. Hier logiert mancher, der bei seinem Treiben nicht beobachtet werden will …

STILLE TAGE IN HAVANNA
FOLGE
*45*

Was die Türen den neugierigen Blicken verbergen, entdeckt dennoch die Phantasie. Schwarz und weiss bilden einen Kontrast, der sich in Cuba seit je angezogen hat ...

STILLE TAGE IN HAVANNA
FOLGE
*46*

Als Maria Mercedes das Hotel verläßt, gewahrt sie zwei ihrer besten Freundinnen, die miteinander tuscheln und sie mit verstohlenen Blicken zu mustern scheinen …

STILLE TAGE IN HAVANNA
FOLGE
*47*

Nicht nur Maria Mercedes war gedrückter Stimmung. Auch die große Uferstraße, auf der sonst buntes Treiben herrschte, war heute fast ausgestorben. Nur einige Müßiggänger schauten melancholisch aufs Meer …

STILLE TAGE IN HAVANNA
FOLGE
*48*

Ziemlich niedergeschlagen setzte sich Maria Mercedes auf die Kaimauer. Warum nur, so fragte sie sich, glotzen mich die beiden widerlichen Kerle so unverwandt an …

STILLE TAGE IN HAVANNA
FOLGE
*49*

In Havanna kann man sehr einsam sein. Diese Erfahrung machte Maria Mercedes zu einer Stunde, da die Schatten länger werden. Voller Sehnsucht blickte sie zu den in der Abendsonne gleißenden Fenstern des Luxushotels …

STILLE TAGE IN HAVANNA
FOLGE
*50*

Das Verschwinden von Victor Paz machte die bleierne Langeweile, die seit Monaten schon auf Havanna lastet, für Maria Mercedes noch drükkender. Aus ihren ziellosen Träumen schreckte sie das Motorengeheul eines alten Buick auf. Am Steuer glaubte sie Victor Paz zu erkennen der seinen Glatzkopf unter einem Hut verborgen hatte. Diese Marotte hatte er einem Künstler aus Deutschland abgeguckt. Aber wer war die Frau an seiner Seite?...

STILLE TAGE IN HAVANNA
FOLGE
*51*

**I**n Havanna ist es wie überall, dachte sich Victor Paz. Erst in einem Hafen kommt einem richtig zu Bewußtsein, daß man verheiratet ist. An solcher Einsicht ändert auch nichts, wenn man seine Glatze unter einer dunklen Perücke verbirgt …

STILLE TAGE IN HAVANNA
FOLGE
*52*

Auch ist in Havanna eine Schule bisweilen nur eine Schule, sagte sich Victor Paz. Dabei mußte er lachen, denn er erinnerte sich einer schlechten Übersetzung von S. Freud, von der er jetzt zu ahnen begann, daß sie sein Leben geprägt hatte …

STILLE TAGE IN HAVANNA
FOLGE
*53*

Es kommt vor, dass Romane in unzweideutiger Unübersichtlichkeit enden. Aber selbst einem solchen Ausgang eignet dennoch eine tröstliche Botschaft: Das Leben geht weiter.